Petits textes pour se sentir bien

Roland Thimonier

Petits textes pour se sentir bien

LE LYS BLEU
ÉDITIONS

ISBN : 979-10-377-8956-3

Ralentir

Se poser

Réfléchir

Apprécier

Nous vivons vite
nous travaillons sous stress
nous n'apprécions plus les choses
nous ne voyons plus notre entourage
nous ne sommes plus humains

*

le but de ces courtes histoires, vous refaire apprécier

La beauté

Le calme

La nature

L'homme

Plus qu'un livre à lire,
c'est un livre à s'offrir
ou à offrir à ceux que l'on aime

Il faut nourrir ses yeux pour les rêves la nuit.

Leos Carax, réalisateur

Pour faire de ce livre une machine à rêves, il vous suffit de lire un texte (un seul par jour) puis de laisser votre pensée vagabonder sur l'illustration.

Le bonheur tient parfois à des choses simples.

Le mystère pigeon

Letmo était un esthète rêveur. Il s'émerveillait de toutes les formes qu'il voyait : l'élancé d'un bâtiment, la chatoyance d'une publicité, le reflet du soleil sur l'eau, les entrelacs d'une plante grimpante. En bref, pour Letmo tout était matière à enchantement et ravissement.

Un homme heureux en fait.

Comme il avait du temps libre, étant à la retraite, et comme il était citadin, il se promenait dans les parcs et jardins de sa ville. Dessinateur émérite, il prenait plaisir à croquer aussi bien l'architecture, les végétaux, les gens que les animaux. Tout allait donc pour le mieux.

Jusqu'à ce jour où esquissant un groupe de pigeons en train de boire dans une fontaine, une pensée lui vint. Les pigeons qu'il dessinait, bien que variés dans leurs couleurs, des blancs, des pies, des taupes, d'autres de couleurs indéfinissables, étaient tous des adultes. Et il pensa « Mais pourquoi n'y a-t-il pas de pigeonneaux ? ».

Cette pensée l'obséda et il n'eut de cesse de trouver des bébés pigeons, il demanda aux personnes rencontrées s'ils en avaient déjà vu, il se mit à fouiller les buissons et à regarder dans les arbres pour trouver des nids. Sans résultat.

Puis comme il voyait toujours le côté positif des choses, il se posa une deuxième question : « quelle leçon de vie puis-je tirer de ce mystère pigeon ? » Il en tira trois leçons.

La première fut que le chemin de la vie nous apporte toujours de nouveaux questionnements qui nous permettent de nous perfectionner et de grandir et il sourit.

La seconde fut que malgré son âge il restait toujours alerte et curieux de toute chose et son sourire s'agrandit.

La troisième fut qu'il décida de changer son regard sur le monde et les gens. À partir de maintenant, il ne se contenterait plus de ce qu'il verrait, il décida de ne pas se faire une idée basée sur la simple vue. Il essaierait de connaître la face cachée des choses, leur pourquoi ou leur origine.

À partir de ce jour, la vie devint encore plus passionnante pour lui. Il se renseigna sur le système qui permettait à l'eau d'arriver à la fontaine du parc, il discuta de la vie avec cette dame élégante avant de la dessiner, il apprit le pourquoi du chant des oiseaux. En un mot, il était rayonnant de tout ce que la vie lui apportait comme moment de bonheur. Et un jour, on l'entendit crier « Ah enfin ! ». Il venait de lire que les bébés pigeons ne quittent le nid que lorsqu'ils atteignent leur taille adulte, au bout de 3 semaines.

Alors, faites-vous plaisir, prenez le temps de regarder le monde différemment, vous y gagnerez du bonheur.

Les Hi et les HA

Hacem, Hatib et Hatu devisaient à voix basse. Ils s'arrêtèrent même de parler lors du passage de la belle Hinaê. Il en était ainsi dans toute la contrée des HIHA. Les Hi ne parlaient qu'aux Hi et les Ha ne parlaient qu'aux Ha. Il n'y avait pas d'animosité entre les 2 communautés, mais elles s'ignoraient et se protégeaient chacune. Un jour, paraît-il, un ancien Hi, Hitos, était tombé amoureux d'une Ha, Hazule. Il en rêvait la nuit. Il la contemplait le jour. Il en oublia de manger puis il dépérit et s'éteignit. La Ha n'en fut nullement affectée ; elle ne le sut point, car, conformément à la tradition, il ne lui parla jamais. Pourquoi cette drôle de coutume, me direz-vous ? Je ne puis vous répondre ; ni les Hi, ni les Ha ne le savent. Cela remonte à un temps dont plus personne n'a souvenir.

Un jour, un étranger (son nom ne commençait pas par un H), Noedus arriva au bourg. Il s'y plut, s'y installa et se mit à parler à tout le monde sans aucune distinction. Cela ne choquait personne, car il était d'usage que l'on parle aux étrangers, à tous, sauf aux Hi si l'on était un Ha et vice-versa.

Noedus, qui s'était lié d'amitié avec Hatib, s'aperçut que le jeune homme était troublé à la vue d'Hinaê et cela avait l'air réciproque, mais il connaissait la coutume… Alors il leur proposa à tous deux de servir d'intermédiaire. Chacun lui parlerait à lui et il répéterait à l'autre ; ainsi, la coutume serait respectée. Au début, cela se fit à distance puis à vue, mais de loin, jusqu'au jour où les 2 amoureux, car c'était évident qu'ils l'étaient, se retrouvèrent face à face. Et Noedus continuait de répéter. Ce qui faisait un intermède entre chaque phrase. Une conversation calme et rythmée : une phrase, le temps de répéter, puis une autre phrase.

Au bout d'un moment, le temps de répéter devint du silence, car Noedus, qui avait compris que Cupidon avait fait son œuvre, s'était discrètement éclipsé et la discussion continua sans répéteur.

Et chacun dans le village, devant le bonheur que l'on pouvait lire dans les yeux des amoureux, se demanda vraiment « Pourquoi ne nous parlions-nous pas ? ».

Noedus, l'étranger, avait changé les choses simplement, sans imposer ; il reprit sa route, heureux du bonheur ainsi créé.

S'il fallait une morale à cette histoire, ce pourrait être, oser parfois accepter de l'aide quand le besoin s'en fait sentir. Vous serez étonné(e)s de la réaction des gens.

Le presser-bonheur

Lors d'une jeunesse vagabonde et inconsciente, mon pas alerte m'amena au village de Zenoga. Au premier abord, on ne savait dire ce qu'il y avait de différent, mais, dès l'entrée, se ressentait une étrange et agréable impression. Partout où le regard se posait, les gens étaient souriants, les rencontres policées, aucune ride de contrariété ne venait troubler les beaux visages des Zenogiennes. C'en était presque irréel. Une sorte de petit paradis où tout le monde était content, où tout le monde était heureux, où tout le monde souriait.

Ne connaissant point les us de cette contrée, je n'osais mander la source de ce bonheur affiché. « Et si cela venait de la nourriture ? » me dis-je. Je me hâtai donc de festoyer en l'auberge du village. La mangerie fut goûteuse, l'ale fraîche à souhait, mais nulle épice miracle n'éveilla chez moi ce sourire béat.

Décidé à percer ce mystère, je suivis un groupe de Zenogiens qui allait s'illuter en un joli ru bordant le bourg. Aussitôt de me dire « la voilà, ma source de bonheur ». J'en ressortis, 2 h après, bien détendu, la peau complètement fripée, mais de bonheur point !

« Alors, était-ce le contact avec les natifs qui procurait le bonheur ? » J'abordai tout le monde avec moult poignées de mains. Rien n'y fit.

Je me résolus donc à m'enquérir auprès de mon aubergiste. Ziron, car ainsi il se nommait. Il me dit simplement : « Nos ancêtres aussi ont cherché comme toi le bonheur à l'aide de moult ingrédients, à manger, à boire, à frotter… puis ils se sont aperçus que le vrai bonheur ne pouvait venir que de l'intérieur. Alors, maintenant nous faisons des réserves de bonheur. »

Et il m'expliqua comment : « Lorsque tu es heureux, il faut que tu en prennes parfaitement conscience et, là, tu ouvres grand tous tes sens, la vue, l'ouïe, l'odorat, tu sens le soleil sur la peau et, tout en respirant calmement, tu te presses un doigt, toujours le même. Ensuite, lorsque tu auras un peu de vague à l'âme, il te suffira de fermer les yeux, de respirer calmement et de, à nouveau, presser ce doigt du bonheur et instantanément la sensation première te reviendra. » Il termina en me disant : « Ici, nous appelons cette méthode le presser-bonheur. Profites-en bien, étranger, et répands ainsi au dehors de notre village le bonheur parmi les hommes ».

Des années après, le pas est moins souple, la chevelure plus d'albâtre que d'ébène, la vie se regarde dans le miroir, mais le bonheur est toujours là. Et cela grâce au presser-bonheur.

Essayez cette technique ! Elle fonctionne et vous permettra de continuer de diffuser à l'extérieur le bonheur que vous portez en vous.

Les licornes du pays d'Eco

Orsu-la-force était soucieux. Dans trois jours avait lieu la foire annuelle à la croisée des bois. Tout le comté serait là. Pilan-le-roux viendrait des hautes collines ; Frec-le-vaillant descendrait du Pic Blanc ; même Safain-la-blanche ferait le déplacement depuis les terres humides. Et tous seraient là dans un seul but : pouvoir s'enorgueillir du titre de meilleur éleveur de licornes du pays d'Eco durant toute une année. Et même si sa licorne Soukar était belle, belle comme il n'en avait encore jamais vu, Orsu-la-force savait que ses concurrents avaient aussi de magnifiques animaux. Là était son souci.

Le grand jour arriva enfin. Tous, à des kilomètres à la ronde, étaient venus élire la plus belle des licornes. Chaque animal était jalousement dissimulé dans un enclos tendu de draperies afin de le soustraire à la vue des visiteurs. La journée s'annonçait passionnante même si le temps était un peu venteux et soulevait des poussières tourbillonnantes. Les festivités du matin venaient de se terminer et chacun s'apprêtait à banqueter avant la présentation des licornes et le vote de l'après-midi. Lorsque soudain le vent forcit, les hommes furent obligés de s'asseoir pour ne pas tomber, les bêtes étaient affolées, les enfants apeurés pleuraient, les femmes étaient anxieuses et tous les objets, emportés par les bourrasques, devinrent des projectiles. D'un seul coup, le vent s'arrêta. Après le premier instant d'ébahissement, on entendit les plaintes des blessés, les hennissements plaintifs des animaux. Le temps n'était plus aux festivités. Le temps était à la solidarité et à l'entraide.

Plus tard, lorsque le calme fut revenu, chacun pansant ses plaies, chacun ayant retrouvé un peu de sérénité, Orsu-la-force, qui avait longtemps palabré avec les 3 autres compétiteurs, s'adressa à la foule. « La nature, même si elle l'a fait avec violence, vient de nous montrer que nous ne gagnerions rien à nous battre les uns les autres, ne serait-ce qu'à travers nos élevages. Les hommes deviennent sages et efficaces lorsqu'ils s'associent dans la visée du beau. Aussi, nous 4, éleveurs de licornes, avons décidé que dorénavant nous nous associerons ensemble pour arriver à élever la meilleure de toutes les races de licorne, indépendamment de l'élevage auquel elle appartient. Il n'y aura donc pas de vote. Nous allons faire défiler les licornes devant vous uniquement pour que vous ayez le plaisir de les contempler sans que vous ne sachiez à qui elles appartiennent. » Ainsi fut fait et les 4 anciens adversaires devinrent partenaires et fondèrent l'Élevage des Licornes du Pays d'Eco.

Alors je vous souhaite de trouver vous aussi le ou la partenaire qui vous permettra de vous développer en toute plénitude.

Le chemin du lac

Le soleil au midi était chaud, mais le petit vent venant de la vallée rendait agréable la promenade. C'est avec plaisir que Safobeau cheminait lentement en direction du petit lac. Son esprit, toujours alerte malgré ses 60 ans passés, s'éveillait pleinement aux bruits de la nature. Il disait toujours que « Pour celui qui sait les percevoir, le sujet principal de tous les émerveillements était la vie sur terre ». Non seulement les humains, pour lesquels il nourrissait plus d'indulgence que d'amour, mais surtout les animaux, les végétaux et tout ce qui fait notre monde.

Il fallait le voir s'émerveiller, le regard enfantin, devant des choses simples : le trille d'un rossignol, le murmure aigrelet d'une source dissimulée sous la mousse, l'odeur capiteuse d'un lys sauvage. Tout était prétexte à batifolage bucolique. Et les ans passaient, les kilomètres parcourus dans cette forêt de moyenne montagne s'accumulaient et le bonheur d'être et de vivre s'ancrait dans le cœur de Safobeau.

Il en était là, sur le bord du chemin, à se demander si c'était le sifflement flûté d'un loriot d'Europe qu'il entendait ou celui d'un martinet noir lorsqu'il perçut du bruit derrière lui. C'était Apaijoi, un jeune homme du village, qui marchait vite de toute la fougue de ses vingt ans. Il dépassa Safobeau sans le saluer, sans même le voir peut-être. Les oreilles couvertes d'un casque musical et les yeux vissés à son smartphone qu'il triturait dans un rapide ballet de pouces. Il se dépêchait pour arriver au lac où se retrouvait la jeunesse, où les jeux d'eaux étaient propices aux démonstrations de force des garçons et aux cris d'orfraie des filles lorsqu'elles se faisaient éclabousser.

Safobeau aussi avait été jeune. Lui aussi pensait que le lac c'était le bonheur. Puis la vie l'avait emmené et il avait continué à chercher le vrai bonheur, celui que l'on n'atteint pas.

Et il se demanda en reprenant sa marche si le bonheur n'était pas tout simplement ce qu'il était en train de vivre, en harmonie avec la nature et avec lui-même. Encore une question sans réponse. Et c'était bien un martinet noir qu'il entendait siffler ; maintenant, il en était sûr.

Et vous, qu'en pensez-vous, le bonheur est-il au bout du chemin ou alors le bonheur est-il le chemin lui-même ?

Les POF

Dans cette contrée, même les maillots de bain avaient une petite poche pour mettre une pièce. Quelle que soit la tenue que l'on portait, il ne serait venu à personne l'idée de ne pas avoir une pièce de monnaie en poche. La vie n'était pas particulièrement chère, mais nous étions tout simplement chez les POF.

C'était ainsi que tous surnommaient cet étrange peuple dont la vie était régie par le Pile ou Face.

En effet, pour toute décision à prendre, sortir ou rester, aimer ou détester, fromage ou dessert, travail ou étude… Tout se décidait à pile ou face. La vie était ainsi simple et rapide.

Une infraction commise, vous passiez devant Nasolom le juge qui détenait la pièce de la justice : pile innocent, face coupable.

Mahir le médecin soignait avec la pièce médicale : pile je soigne, face j'opère.

Sonnerad le patron traitait chaque année ses ouvriers avec la pièce des salaires : pile j'augmente, face rien ne change.

Et chacun acceptait le système.

Mais un jour, alors que le jeune Cefor demandait en mariage la belle Eteuba, son père Gasesse envoya la pièce en l'air, devant les deux familles réunies, pour savoir s'il devait ou non accepter cette demande. Et là, stupeur, la pièce après avoir tournoyé dans les airs retomba sur la tranche.

Le silence se fit dans l'assemblée. On attendit d'abord une heure pour voir si la pièce n'allait pas tomber sur l'une ou l'autre face, puis, on appela Landor le chef du village qui lança sa pièce en disant : pile Gasesse relance, face Gasesse décide seul sans sa pièce. Ce fut face. Et devant le regard plein d'amour d'Eteuba pour Cefor, il accepta la demande.

Après cette décision qui était une première chez les POF, il se sentit heureux d'avoir décidé par lui-même. Il en parla autour de lui et, petit à petit, la « méthode Gasesse » se généralisa pour le bonheur de tous.

S'il fallait une morale à cette histoire, ce pourrait être, ne laissez pas le hasard décider pour vous.

Soyez vous-mêmes, prenez vos décisions !

La réalisation de celles-ci vous apportera du bonheur toute l'année.

Le village des couleurs

Dans le Village des couleurs régnait une grande animation.

Rien d'inhabituel, me direz-vous, car il y avait toujours de l'animation dès qu'un élément s'y prêtait. Une feuille tombait d'un arbre et la discussion démarrait :

— Elle est d'un joli ocre pâle.

— Mais non, c'est terre de Sienne claire.

— Vous n'y êtes pas du tout, c'est un carmin orangé.

Et les discussions étaient sans fin sur la couleur des choses.

En effet, dans ce joli Village des couleurs, tout tournait autour de la couleur. Les maisons étaient multicolores, les habits chatoyants, les prénoms mêmes étaient empreints de couleurs : Prune, Violette, Rose, Blanche, Garance…

Mais, parfois, bien que rarement, les désaccords enflaient et le besoin d'un médiateur se faisait sentir. C'est ce qui arriva lorsque le village se divisa en deux sur la couleur des nuages. La moitié parlait d'un « blanc cotonneux » alors que les autres soutenaient un « albâtre vaporeux ». L'on fit donc appel à Losamon le sage, le plus ancien du village. Il était non-voyant et portait toujours une longue barbe blanche, ou ivoire, enfin d'une jolie couleur.

Il se fit longuement expliquer l'objet du différend, puis prit la parole :

— La vraie couleur de ce nuage, vous ne la voyez pas, car vous le regardez trop. Ne regardez pas, mais ressentez. Ce léger vent sur ma joue me permet de comprendre la vitesse du déplacement des nuages par rapport au soleil. Cette chaleur intermittente sur mon front me renseigne sur leur faible densité, mais la seule chose qui m'indique vraiment la couleur de ce nuage, c'est le bien que ce miracle de la nature instille en moi. Il crée dans mon esprit une couleur si belle que le mot pour la décrire n'a pas encore été inventé. »

Alors, dans le silence absolu de l'assistance, il conclut en disant :

« Ce n'est pas ce que les gens ou les choses vous montrent qui est important, c'est la lumière intérieure de chacun et vous verrez que cette ouverture sur l'âme est la plus belle des couleurs. »

Depuis ce jour, l'apparence se mit à moins compter pour les villageois, et les couleurs se firent moins voyantes.

Mais, si vous passez au Village des couleurs, vous le reconnaîtrez, car dans les yeux des habitants brillent les plus lumineuses des couleurs.

4 coudées

« 4 coudées » c'était comme cela que tout le monde l'appelait. Personne ne connaissait son vrai nom. Il était le causeur du pays d'Hybra. À cette époque où seul un nombre restreint d'érudits savait lirc, le causeur était à la fois le facteur, le téléphone et le crieur. Il informait les villages des décisions prises dans le royaume, il répétait à la personne que vous aviez choisi les mots que vous vouliez lui dire. Sa mémoire était phénoménale et ses services grandement appréciés.

Mais pourquoi le nommer « 4 coudées », me direz-vous ? Car il arpentait les chemins toujours avec une grande canne qui mesurait « 4 coudées » (la coudée étant la mesure entre le coude et le bout du doigt). Certains disaient que sa canne était magique, car elle était faite de 4 bois différents.

Le sommet de la canne, le 1er segment avait été choisi pour son confort et il était en olivier, car grâce à ses pores très serrés il empêchait la pluie de pénétrer dans la canne. « 4 coudées » l'avait enduit d'huile d'olive afin de lui donner ce velouté et cette patine si douce à sa main lors de ses longues randonnées d'un village à l'autre.

Le 2e segment avait été choisi pour son symbole spirituel, il était en if, et comme aimait à le dire « 4 coudées » : « bien qu'étant apathéiste il est toujours bon d'avoir avec soit l'arbre qui fait le lien entre le ciel et la terre ». Il savait aussi que la souplesse de l'if, dont on faisait autrefois les arcs, amortissait ses poses de canne et évitait ainsi aux chocs de remonter dans son bras.

Le 3e segment avait été choisi pour sa beauté, il était en acacia. Cet arbre qui permettait à l'homme de construire et à l'animal de se nourrir. Et surtout, il irradiait d'une jolie couleur dorée qui ravissait l'œil et allumait un sourire d'esthète sur les lèvres de « 4 coudées ».

Le 4e segment, celui en contact avec la terre, avait été choisi pour sa force, il était donc en chêne. Ce bois dur, lourd, dense et résistant, équilibrait bien la canne de marche. Il avait servi aussi, disait-on, à mettre en déroute quelques malandrins rencontrés en cours de chemin.

Cette canne était le prolongement de l'homme. Comme son porteur, elle avait été réfléchie, elle mélangeait la douceur, avec le symbolisme, la beauté et la force. Toutes choses qui n'auraient pu se trouver dans un seul et unique bois. « 4 coudées » était heureux de l'avoir pour compagne et conscient du cadeau que lui avait fait la nature par ce mélange de bois.

Si ce texte vous a fait prendre conscience que le bonheur est parfois dans la diversité, j'en suis fort heureux.

Waban, éleveur de rennes

Le travail de Waban occupait toute sa vie. Il est vrai que conduire un troupeau de 357 rennes sur cette étendue groenlandaise était un vrai travail. Waban qui par le passé avait été élu au Conseil Circumpolaire Inuit avait dû se résoudre à aller habiter à la capitale du territoire Nunavut (« notre terre » en inuktitut) dans la ville d'Iqaluit.

Au début, les conditions de vie lui paraissaient paradisiaques. De l'eau chaude coulait des robinets. Une petite pièce chauffée permettait de faire ses besoins. L'air était doux au visage et les vêtements ne sentaient pas le renne.

Mais petit à petit, l'immensité blanche vint à lui manquer. Lorsqu'il regardait en face de lui, il y avait toujours un mur pour lui boucher la vue. Où était donc l'horizon lointain que l'on regardait en plissant les yeux pour les protéger du vent froid lorsque l'on cheminait à côté du troupeau ? Il aimait ce froid, il connaissait le vent. Son nom Waban ne signifiait-il pas « vent d'Est » ? Les longues discussions au Conseil l'ennuyaient aussi, il ne voyait pas l'utilité de recenser tous les noms de neige ou de glace qu'ils utilisaient. Même s'ils avaient beaucoup ri en apprenant que les Français n'avaient qu'un seul mot pour neige. Il s'ennuyait lors des longues discussions sur : qanik (neige qui tombe), aputi (neige sur le sol), pukak (neige cristalline sur le sol), aniu (neige servant à faire de l'eau), siku (glace en général), nilak (glace d'eau douce), pour boire, qinu (bouillie de glace au bord de la mer) et d'autres encore.

Il avait choisi de revenir au campement avec Wabognie (petite fleur), sa femme, et de continuer l'œuvre de son père, s'occuper de l'exploitation nomade de rennes.

Et lorsqu'on lui demandait ce qui faisait la différence entre sa vie en ville et sa vie de nomade, il répondait : la poubelle. En ville, il avait une poubelle pleine de déchets. Ici sur le campement, il n'y avait pas de déchets, donc pas de poubelle. Tout venait du renne, le sang que l'on buvait pour avoir la force, la viande qui nourrissait les chiens et les hommes, la peau qui en vêtement protégeait du froid, les os qui fournissaient outils, jouets et accessoires, les tendons qui devenaient fil à coudre, la graisse qui servait pour les bougies…

Tout était utilisé, rien n'était perdu. Il n'y avait donc aucun déchet et le passage du troupeau et de ses gardiens ne laissait aucune trace derrière lui. Il vivait en parfaite harmonie avec la nature.

En faisant attention à nos déchets, que ce soit au niveau personnel ou professionnel, nous vivrons dans un monde meilleur.

Les animains

Toutes les espèces avaient envoyé un représentant. Les animaux domestiques : Toby le chien, Félix le chat, Milka la vache, Saturnin le canard, Peggy la cochonne, Titi le canari et les animaux sauvages tels que Pango le pangolin, Chauri la chauve-souris, Ratatouille le rat, Simba le lion, Baloo l'ours, Némo le poisson, Kaa le serpent et tout un tas d'autres…

L'île magique, cet endroit inconnu des hommes où le temps s'arrêtait et où l'on avait besoin ni de boire, ni de manger, ni de dormir, était le lieu parfait pour cette réunion mondiale. Les échanges se faisaient en Antélangue, ce dialecte très ancien ancré en chaque être, qui se transmettait par la pensée et que tout être vivant connaissait dès sa naissance, y compris l'homme bébé, qui l'utilisait pour parler aux animaux puis l'oubliait dès qu'il grandissait.

Et, comme souvent, l'ordre du jour en était l'humain. Dumbo l'éléphant nous fit tout d'abord un compte-rendu plein de force sur les dégâts causés par le virus que les animaux avaient décidé d'envoyer à l'homme pour lui faire prendre conscience que lui aussi était mortel, mais il dut convenir de l'absence de résultat et que le virus leur avait maintenant échappé. Alors que faire ? Les animaux sauvages se portaient beaucoup mieux pendant le confinement des hommes et voulaient leur envoyer d'autres virus. « La nature est moins polluée », « les naissances augmentent », « les eaux sont plus limpides », disaient-ils. Les animaux domestiques, eux, étaient contre : « qui va me nourrir ? », « qui va me traire ? », « qui va changer ma litière ? » disaient-ils. Et les débats durèrent très longtemps.

Puis, comme pour chaque réunion, la clôture revint à Maître Hibou, reconnu par tous comme le sage des animaux. « Animaux », dit-il dans sa péroraison, « j'ai écouté vos arguties, vos plaintes, vos plaidoiries et vos états d'âme. Et j'en suis triste, car cela me fait prendre conscience de ce que nous sommes devenus. Nous sommes devenus des Animains. Les hommes se posent la question "les animaux ont-ils une âme ?" je ne saurais répondre à cette question. Mais ce que j'ai appris aujourd'hui c'est que nous avons pris les défauts des humains, l'égoïsme, l'abus de pouvoir des forts et la cupidité pour obtenir plus d'avantages, furent-ils aux dépens des autres. Aussi, quel que soit le sort du monde suite à ce virus qui est en train de nous échapper, nous en serons tous responsables au même titre que les humains. Car, apparemment, si eux n'ont pas compris notre avertissement, nous, nous nous retrouvons comme des arroseurs arrosés ».

Alors pour vous, pour vos enfants et petits-enfants, pensons à notre planète en lui souhaitant de durer encore longtemps, malgré nous.

Grinois

L'herbe était tendre, les jeunes pousses succulentes, la rosée gouleyante. Un léger soleil réchauffait les corps et un doux vent caressait les museaux. En quelque sorte, un paradis pour moutons. « Qu'ils doivent être heureux dans ces alpages », se disait-on. Et c'était vrai, mais pas pour tous. Car si l'on regardait bien, légèrement à l'écart, se tenait Grinois, un mouton d'un gris presque noir, qui détonnait au milieu de tous ces moutons blancs.

Longtemps, longtemps, il avait essayé de se faire accepter par les moutons blancs, mais il n'était pas comme eux, sa couleur sombre ne plaisait pas au troupeau. Et chaque fois, il se faisait rejeter. Il prit donc l'habitude de se tenir à l'écart. Mais comme être seul pouvait s'avérer dangereux, quelques prédateurs rôdant toujours dans la montagne, il se tenait toujours près des chiens. Pim, Pam et Poum, ainsi que les avait nommé Ernest le berger, étaient des croisements de plusieurs races de chien à troupeaux, braves, mais fermes avec le bétail. Et eux, ils acceptaient la compagnie de Grinois. C'est vrai qu'ils étaient eux aussi un peu des parias de par leurs origines mélangées.

« Dis-moi qui tu fréquentes et je te dirais qui tu es », dit le dicton. Et en effet, à force de fréquenter les chiens, Grinois, petit à petit, commença à agir comme eux, à courir avec eux, à faire bouger le troupeau, à conduire les bêtes. Tout comme l'aurait fait un chien. Ernest le berger, qui s'était aperçu du changement, décida de former Grinois comme si c'était un chien. Il lui apprit les commandements à la voix, le travail avec les autres chiens, les techniques pour rassembler, diriger ou conduire un troupeau. Tant et si bien que Grinois devient le quatrième chien du troupeau. Efficace ; mais aussi hargneux et ne laissant rien passer. Nombre de moutons et de brebis firent les frais de ses morsures, et même s'il ne possédait pas des crocs comme les chiens, les pincements qu'il distribuait étaient toujours très forts et douloureux.

Belem, l'ancien du troupeau, vint un jour le trouver et lui dit « Pourquoi t'acharnes-tu comme cela sur tes frères moutons, nous sommes de la même race. Tu n'es pas un chien. C'est nous ta famille ». Mais Grinois lui répondit « Ce n'est pas la génétique qui fait une famille. C'est l'amour, c'est l'entraide, c'est l’affection que se portent ses membres. C’est l’accueil et l’écoute lorsqu’un parent va mal, lorsqu’il a besoin d’être entouré. Vous ne m’avez jamais considéré des vôtres parce que ma couleur n’était pas la bonne. Vous ne m’avez jamais accueilli au milieu du troupeau. Maintenant ma famille, c’est Ernest, Pim, Pam et Poum. Et je te conseille de retourner tout de suite vers le troupeau si tu ne veux pas tâter de ma mâchoire ».

Alors, faisons attention à ce que peut provoquer le manque d’amour et regardons les autres différemment, car l’amour de l’autre peut faire de belles et grandes choses.

Lapinou le sage

Zolu était grognon. Et alors me direz-vous ! Eh bien, Zolu était grognon. Et de mémoire de lapin, à Terrier City, personne n'avait jamais vu Zolu grognon. Habituellement, il était fort affable, devisant avec l'un, badinant avec l'autre. Toujours le bon mot pour chacun. Il était même mandé comme convive lors des repas pour la qualité de ses propos, l'humour et l'égrégore bienveillant que généraient sa présence et son verbe. Il était l'esthète cultivé, féru de philosophie qu'il arrivait à vulgariser pour tous et que tous écoutaient. Inventeur un peu fou, toujours ébahi par ses propres idées et se faisant une joie de les communiquer. C'est lui qui avait démontré au peuple Lapin que les carottes se conservaient mieux dans le sable qu'à l'air libre. C'est aussi lui qui avait convaincu la tribu cousine, les Lièvres, qu'en rabattant sur leur dos leurs grandes oreilles ils seraient plus aérodynamiques et donc courraient encore plus vite. Et tout cela toujours avec sourire et bonne humeur. Mais voilà, aujourd'hui, Zolu était grognon. Il marchait la tête basse, en grommelant dans son museau quelques borborygmes graves et incompréhensibles. Très rapidement, le bruit courut « Zolu est grognon. » On le regardait de loin. On n'osait pas l'aborder. On se taisait sur son passage, car la discussion bien sûr portait sur lui. « Tu penses qu'il est malade ? », « Qui lui a fait ça ? », « Et s'il ne retrouvait pas sa bonne humeur ? ». Les histoires les plus folles et les plus fantasques commencèrent à circuler. Alors, plusieurs membres du peuple Lapin allèrent voir Lapinou le Sage. C'était une coutume du village, que le plus vieux lapin, quand venait son tour, abandonnait son nom et prenait celui de Lapinou le Sage afin de conseiller ses semblables. Comme chez les humains, les lapins croyaient que la sagesse venait avec l'âge, mais, ça, c'est une autre histoire. Donc Lapinou le Sage écouta les remarques et demandes de chacun et se trouva fort ennuyé, car il n'avait pas de réponse à leur donner. Il décida donc d'aller trouver Zolu pour s'entretenir avec lui. Il traversa solennellement le village, enfin, il traversa doucement, car ses vieilles pattes étaient fatiguées d'avoir couru dans les bois et cela lui donnait un air solennel accentué par sa jolie fourrure blanche. Tout le village le suivait. Il s'annonça à l'entrée et rentra dans le terrier de Zolu. Dehors, tous attendaient en silence. Quand, au bout de quelques minutes, on entendit, sortant du terrier, le rire reconnaissable et joyeux de Zolu, tous les lapins furent soulagés, mais personne ne comprenait la raison de ce changement. Alors, Zolu sortit, monta sur la butte qui dominait son logis et leur dit : « Je n'étais pas malade, je n'étais pas grognon, je faisais juste une nouvelle expérience. Et j'en ai tiré la conclusion suivante : si l'on est heureux, les gens autour de soi le deviendront, mais, attention, l'inverse est vrai aussi. » C'est depuis cette époque que les lapins sont heureux et ont cette bonne bouille qui nous plaît tant.

Alors, faites comme eux. Souriez aux autres et la vie vous sourira.

Séquoia

Toc toc ! c'est qui ? Séquoia. Une blagounette que faisaient les enfants quand ils portaient encore des culottes courtes et n'étaient pas devenus les mini-adultes d'aujourd'hui.

Le séquoia géant qui trônait dans le parc de cette belle maison de maître du Saumurois en avait vu passer des enfants du haut de ses 800 ans. Lui-même était d'ailleurs un gamin au regard de l'âge du doyen des séquoias en Californie qui existait toujours depuis 3200 ans. Il avait été témoin des premiers émois des amoureux qui roucoulaient appuyés à son tronc, des pleurs de la jeune veuve de guerre à qui l'on venait d'annoncer la nouvelle, de la destruction de ses semblables dans les parcelles alentour, de la terre qui, peu à peu s'appauvrissait, du nombre de nids qui s'amenuisaient dans sa canopée au fil des siècles, et de tant d'autres joies et peines humaines et arboricoles.

Et maintenant, il se sentait seul à Saumur. La vue de ses deux derniers frères, classés arbres vénérables comme lui et qui se dressaient dans le cimetière, lui mettait un peu de baume au cœur, mais que serait son avenir ? Serait-il le dernier totem sur une terre désolée comme une statue de l'île de Pâque ? Il s'en inquiétait.

D'accord, les nouveaux propriétaires du domaine l'admiraient et étaient fiers de sa présence, mais que connaissaient-ils de l'harmonie de la nature ? Pour eux, elle devait être belle. Ils coupaient l'herbe, mais trop tôt pour que les papillons aient eu le temps de s'y reproduire. Ils taillaient les buis, mais trop tard alors que la sève était déjà montée. Ils avaient même fait venir de contrées lointaines d'étranges arbres tous longs et secs avec des racines qui envahissaient le sous-sol, cela s'appelle des bambous, paraît-il.

Et puis un agréable soleil de printemps vint le caresser et son optimisme naturel reprit le dessus. Il ne vit que le bon côté des choses. Il était sur une belle butte riche en nutriments, il voyait loin dans la plaine saumuroise, le fait d'être classé lui garantissait qu'il ne serait jamais coupé, et après tout, ces humains à courte vie qui s'ébattaient dans la piscine en buvant du vin blanc n'étaient pas si mauvais.

Le moral était revenu et il décida lui aussi de tout faire pour rendre la vie de la nature autour de lui la plus agréable possible. Donner un peu d'ombre pour les jeunes fleurs qui poussent dans l'herbe, faire attention de ne pas envoyer trop de feuilles dans la piscine et profiter des doux rayons du soleil qui le caressent.

Alors, faites comme lui, regardez plutôt le bon côté des choses et gardez le moral, mais n'oubliez pas la nature.

Pingouroux

Pingouroux n'était pas comme tous les autres pingouins. Sur cette banquise immaculée où s'étendait à perte de vue ses congénères en smoking noir et blanc, il était lui habillé de roux et blanc.

Je ne vous cache pas que lors de sa sortie de l'œuf, papa et maman pingouin se regardèrent bizarrement. D'où venait cette bizarrerie ? de ta famille ou de la mienne ? Mais ils n'eurent jamais de réponse, car de mémoire d'alcidés un pingouin roux cela ne s'était jamais vu.

Même Aleina, la vieille baleine qui, ayant parcouru toutes les mers du monde et, qui connaissait aussi les sphéniscidés, leurs cousins appelés plus simplement les manchots de l'hémisphère sud, n'avait jamais vu un pingouin roux. Les pingouins d'ailleurs n'aimaient pas leurs cousins dont la femelle manchot se prostituait pour obtenir des cailloux pour son nid. Ce n'était pas des gens fréquentables, mais heureusement ils vivaient très loin.

Puis, Pingouroux étant leur petit, ses parents l'élevèrent avec amour. Et il en avait bien besoin devant les moqueries qu'il devait subir de la part des autres poussins dans les premiers temps puis avec sa mise à l'écart du groupe quand il eut atteint l'âge adulte. Son pelage d'un joli roux orangé brillait au soleil, son corps vigoureux et son humeur joviale en faisaient le pingouin idéal comme ami ou mari. Mais hélas, la société pingouin était une très vieille banquise et n'appréciait pas ce qui sortait de la norme. Alors on le voyait souvent se promener seul sur la banquise, perdu dans ses pensées ou s'entraînant à nager.

Quand un jour, lors d'une promenade, il vit un phoque de Weddell sortir de l'eau et se diriger rapidement vers un groupe de 4 poussins qui s'étaient éloignés de leurs parents. Cela allait être un carnage. Il ne réfléchit pas et se précipita sur le phoque pour défendre les petits. Entendant les jabotements de Pingouroux et les grognements du phoque en train de se battre, les autres pingouins affluèrent en masse. Ce qui mit le phoque en fuite. Pingouroux, lui, était blessé, mais il avait sauvé les poussins. Et à partir de ce moment-là, il fut accepté par ses congénères. Les mères des poussins lui apportèrent même des poissons afin qu'il se rétablisse de ses blessures.

Donc si vous voyez un jour sur la banquise un pingouin roux vous aurez beaucoup de chance, car maintenant il vit au sein du groupe, il paraîtrait même qu'il en est devenu le chef.

Alors, quand vous rencontrez une personne différente, essayez de ne pas vous focaliser sur une première impression. Apprenez à connaître les gens et vous verrez que cela vous enrichira humainement.

Imprimé en Allemagne
Achevé d'imprimer en avril 2023
Dépôt légal : avril 2023

Pour

Le Lys Bleu Éditions
40, rue du Louvre
75001 Paris

LE LYS BLEU
ÉDITIONS

www.ingramcontent.com/pod-product-compliance
Lightning Source LLC
LaVergne TN
LVHW050347160826
845677LV00014B/3832